大明星婚礼案件

DAMINGXING
HUNLI ANJIAN

● （英）芭芭拉·米切尔希尔 著

● （英）托尼·罗斯 绘

● 邱卓 译

语文出版社

·北京·

图书在版编目（CIP）数据

大明星婚礼案件 /（英）芭芭拉·米切尔希尔著 ；
（英）托尼·罗斯绘 ；邱卓译. -- 北京 ：语文出版社，
2021.6
　ISBN 978-7-5187-1249-6

　Ⅰ．①大… Ⅱ．①芭… ②托… ③邱… Ⅲ．①儿童小
说－侦探小说－英国－现代 Ⅳ．①I561.84

中国版本图书馆CIP数据核字 (2021) 第075611号

责任编辑	张　程
装帧设计	刘姗姗
出　　版	语文出版社
地　　址	北京市东城区朝阳门内南小街51号　　100010
电子信箱	ywcbsywp@163.com
排　　版	北京光大印艺文化发展有限公司
印刷装订	北京市科星印刷有限责任公司
发　　行	语文出版社　新华书店经销
规　　格	890mm×1240mm
开　　本	1/32
印　　张	2.25
版　　次	2021年6月第1版
印　　次	2021年6月第1次印刷
印　　数	1～3,000
定　　价	25.00元

010-65253954（咨询）010-65251033（购书）010-65250075（印装质量）

北京市版权局著作权合同登记号：图字 01-2020-5773 号

First published in 2002 under the title of The Pop Star's Wedding by Andersen Press Limited, 20 Vauxhall Bridge Road London SW1V 2SA.

Text copyright©Barbara Mitchelhill, 2002

Illustrations copyright©Tony Ross, 2002

All rights reserved.

www.andersenpress.co.uk

This Simplified Chinese edition distributed and published by Language and Culture Press with the permission of Andersen Press Limited.

本书简体中文版由安德森出版有限公司独家授权语文出版社出版发行，简体中文专有出版权经由 Bardon Chinese Media Agency 取得。

第 一 章

　　我叫杜鲁斯，全名是达米安·杜鲁斯。我是一名王牌侦探，非凡的罪恶克星。

　　我来给你们讲讲我最近侦破的一起案子吧。

　　这一切都要从妈妈收到的那封信说起。收件人是：私房烹饪无限责任公司杜鲁斯太太。

　　"猜猜这封信是谁寄来的！"妈

妈吃惊地说。我能看出来，她真是大喜过望。

于是我便读起了那封信。

亲爱的杜鲁斯太太：

请问您是否愿意为我的婚礼提供餐饮服务？如果您愿意的话，可以来找我讨论一下婚礼的菜单。

此致

泰戈尔·莉莉

我目瞪口呆地盯着那个签名。

"泰戈尔·莉莉？"我大叫道。(此刻想要保持冷静实在是太难了。)"就是那个歌手？海湾宝贝的成员？"

妈妈点点头，我的脑子瞬间炸开了锅。她可是我最喜欢的歌手，一直都是！我是她的头号铁粉！噢，噢，噢！

那天早上，妈妈给泰戈尔·莉莉打了电话，并约好了见面时间。

"我想和你一起去。"我央求道。

"我可不这么想。"妈妈一边说，一边把日期写在了她的日记本上。

"你可能会迷路的。"我坚称。

"我自己会看地图的，达米安。"

　　"我可以当你的秘书，做一些记录。"

　　"我不需要秘书。"

　　这招儿不行，我又换了另一招儿。

　　"行！如果你不带我去，我就绝食抗议。"

妈妈叹了口气，说："别傻了，达米安！不行！"

　　但最终，妈妈还是妥协了，她的智商和我游说的本事可是没法儿比。

　　就这样，我终于见到了美得不可方物的泰戈尔·莉莉小姐。

第 二 章

　　泰戈尔·莉莉家的房子超级大！

　　她家的车道比我家门前的那条街都长。我们停车时，她已经站在台阶上等着我们。马上就要见到一位大明星了！有些人或许早就失去理智了，但我不会。名气对我来说不算什么。就算她有一双碧蓝的眼睛，就算她有一头长及腰间的金发——我依然面不改色心不跳。

妈妈先作了一番解释。

"你好，这是我儿子，达米安，"她用那种妈妈们特有的腔调说，"希望您别介意我带他过来。家里实在没人照看他，而他又总是爱惹是生非。"

敢问各位，这不是尴尬是什么！

此刻我双手插兜，故作镇定，只

是打了个招呼："嗨！"好像我每天都会遇见几个名人一样。

我们跟着泰戈尔·莉莉走进大厅，随后来到一间放着几把大号懒人椅、房顶上悬挂着吊灯的房间。

"知道吗，达米安，"泰戈尔·莉莉边给我们倒茶边说，"我也有个小弟弟，他也总是爱惹麻烦！"

"可能对某些人来说，那是麻烦，但事实上，我是乔装出行，我的真实身份是私家侦探。"我低声说道。

看得出，我说的话把她吓着了。

"我追踪过恶棍、银行抢劫犯、造假犯……"

泰戈尔·莉莉转过身，看了看我妈妈。

"杜鲁斯太太，您可没跟我说过您还有家侦探公司！"然后她冲我眨了眨眼睛——好像是她眼睛里进东西了似的。"或许婚礼那天他还真能帮上忙。我可不想在婚礼上丢什么东西，嗯哼？"

妈妈看上去像是吓坏了。"噢，达米安不会出现在您婚礼上的，"她说道，"我不会让他在您的宾客身边晃来晃去，乱挡道。"

拉倒吧！多少次都是我帮了大忙！就算有那么点儿小破坏、几个小错误，那也是可以原谅的，不是吗？

幸运的是，泰戈尔·莉莉坚持请我参加婚礼。"杜鲁斯夫人，您负责餐点，达米安负责勘察可疑分子。"

妈妈没法再说什么了，不是吗？泰戈尔·莉莉雇我当这场婚礼盛典的私家侦探。

第 三 章

距离婚礼还有三个星期，而我必须保持最佳状态。我需要进一步加强自己的侦查能力。我的超级探案笔记里记着这么一个理论：

所有眼间距过近的人都不能相信①。

———————

① 此处实为在欧美地区较为流行的外形成见之一，类似于在我国，有说法认为长得"尖嘴猴腮"或长着"三角眼"的人容易使坏，不可信。

　　（这条理论在我侦破的第一个案件中非常有效，那就是闻名遐迩的"失踪的女儿案件"。）

　　但是仅靠这个理论显然还不够，毕竟在婚礼上我可能会遇到更加狡猾的犯罪分子。我决定花点儿时间研读一些侦探故事，比如我的漫画书里就有好几个不错的案例。当然，妈妈对此并不理解。

"为什么你就不能看点儿靠谱的书？"她问道。但我对此置之不理。

经过十天艰苦卓绝的学习，我总结出了一个新理论：

那些留胡子的人（特别是深色胡子）有可能会干坏事儿①。

创造理论是一回事儿，证明它又是另一回事儿。我是这样去验证的。（为了那些也想从事侦查工作的人，我特意将这句话工工整整地抄到了笔记本上。）

---

① 西方漫画书及影视作品中的罪犯常常留着大胡子。

星期一

今天，我们的老师伍里堡先生请病假了，据说是因为工作压力太大。但这怎么可能呢？老师们每天都过得爽歪歪的。如果你非要问我为什么这么想，我想应该是他花了太多的时间边敲桌子边大喊大叫的缘故。

赛姆斯先生是我们的新老师。他留着大胡子。

星期二

赛姆斯先生是个守财奴。

据我观察，他连吃晚饭的钱都要数上两遍。

星期三

9:15 他又把用于旅游的钱数了三遍！

9:30 他把钱装进了公文包。

可以证明，他就是个贼。

9:35 在数学书后面制订我的神算计划。

9:45 开始实施计划。趁他没留意，我把他的公文包塞进了我的运动服，溜出教室，去找校长秘书弗兰克太太。

10:00 校长办公室的门锁了。弗兰克太太不在，可能是给校长准备茶点去了。

10:10 我将公文包藏在休息室，打算过一会儿再来取。

10:15 我回到教室。

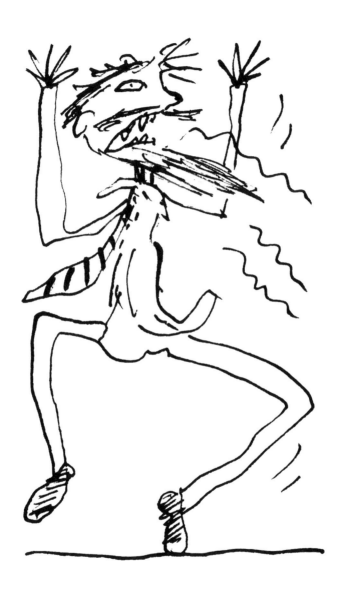

赛姆斯就像伍里堡先生那样冲我发了一通火儿，罚我课间不许出教室，在座位上罚抄句子。没有道理呀，他肯定是个罪犯。

11:00 警察来了。他们是怎么知道关于钱的事儿的？赛姆斯看起来忧心忡忡的。这一点儿也不奇怪！

星期四

9:00 没有关于赛姆斯先生的任何消息。我猜他肯定是进了警察局。

我不会向任何人提及在他被捕入狱的过程中我的功绩。

我的胡子理论就是这样被证实的。现在，我可以去追踪那些胆敢在泰戈尔·莉莉婚礼上为非作歹的罪犯了。

第 四 章

婚礼那天的早上，妈妈手忙脚乱的。而我？我得把我的侦探装备——我的笔记本和笔整理好。如果有必要的话，我会记下那些见不得光的大人物的名字。

"达米安！"妈妈咆哮着，"别在那儿站着愣神儿，快过来帮我把这些布丁搬到货车里去！"

　　大家给我评评理！詹姆斯·邦德会帮他妈妈搬布丁吗？肯定不会！但是那天，因为妈妈的心情有点儿差，所以我还是挑了一大块巧克力慕斯，小心翼翼地把它端上车。怎奈路不平，我狠狠地摔了一跤，这能怪我吗？能怪我吗？

在去泰戈尔·莉莉家的路上，妈妈一句话都没跟我说。她只是紧紧地握着方向盘，眉头紧锁，目视前方。她是真的生气了。

到了目的地，大门口安排了一个戴着印有"总管"徽章的大块头保安。不得不说，泰戈尔·莉莉明明知道有

我在这儿，却还是雇了这个人，这让我略感惊讶。

妈妈停下车，摇下车窗。

"承办餐饮的。"妈妈说。

"请出示一下你们的证件。"总管说道。

妈妈出示了她的证件。我转过身，将我昨天晚上才做好的"侦探"徽章晃了一晃。我们顺利地进入了婚礼现场。

　　泰戈尔·莉莉家门前的草坪上搭建了一个巨大的帐篷。人们忙碌着，有的搬运椅子，有的拾掇花卉。妈妈把卡车停在帐篷后面，开始往外搬运食物。她搬着那些托盘和菜肴跑来跑去，很快就累得气喘吁吁的。要我说，

她早该去健身房好好锻炼一下了。

我主动提出帮忙，但她并不领情。她说她宁愿自己一个人做。

"那好吧，"我说，"我去附近看看有没有什么可疑的家伙。"

妈妈狠狠地盯了我一眼。"你敢

给我惹祸试试看，"她端着一沓肉蛋酥咆哮道，"我现在的事儿够多了，你就别再让我操心了。"

"别激动，"我说道，"一切都在我的掌握之中。"

也许是因为血压高，妈妈的脸变成了紫红色。现在最好的方法就是忽略她。于是我戴上墨镜，走开了。

没过多久，我就发现了一个极其可疑的男人。他穿着黑西服、白衬衫，手里提着一个黑色皮包，像一个幽灵！并且，你猜怎么着？他的两只眼睛离得非常近！（探案理论第一条）如果这还不足以说明问题，他还留着黑色的大胡子！（探案理论第二条）我中大奖了！显然，这个男人像个超级罪犯。

　　我快速地画了幅肖像图，并在我的侦探笔记本上做了记录。我跟着这个人进了房子。很明显，他正盘算着要偷哪些婚庆礼品呢。

第 五 章

　　我跟在他身后，后背贴着墙壁，就像电视剧里的侦探们那样。但还没等我再靠近点儿，便有人高喊道："喂！小孩儿！"紧接着，一个保安抓住了我的衣领。

　　"你在这儿想干什么？嗯？"

　　我看到他的徽章上面写着"科特"①，

————————

① "科特（curt）"一词在英文中有"鲁莽""草率"之意，此处为一种幽默的讽刺。

随后我也给他出示了我的徽章。

　　"我妈是餐饮公司的，我是跟着她一起来的。"我说道。

　　科特哼了一声。

　　"我是泰戈尔·莉莉的私人保镖。"科特大笑起来。这有什么好笑的？

　　"出去，你这个小屁孩儿，"科特说道，好像我还是个小小孩儿，"出去，快找你妈妈去。"

当然，我没那么干。我答应过泰戈尔·莉莉，要帮她看管好礼品。我假装去帐篷那边，确定科特已经走了之后，又快速地走向房子，并偷偷顺着墙根往里走。

　　我顺着窗子往里瞟，看到结婚礼品摆了一大桌。每件礼品上都有一张

标签，上面写着送礼人的名字。桌上还有数不清的银盘子、高脚杯什么的。屋里挂着一些古老的绘画作品，我想这些画肯定值不少钱。在桌子的正中间，摆放着一条十分精美的钻石项链。超大的标签上写着："在我们的大喜之日致泰戈尔·莉莉，盖瑞，伴着爱和吻。"真恶心，不是吗？

泰戈尔·莉莉要嫁给盖瑞。我真不明白这是为什么。那家伙是个腿又细、头又秃的足球运动员。除了射门以外，他一无是处。敢问诸位，为什么泰戈尔·莉莉会爱上这么一个人？她需要的是一个有顶级智慧的男人。一个隔着一米远就可以将恶棍锁定的英雄。

　　就在我伸头向屋里张望的时候，
那个大胡子男人走进了房间，盯着那
条钻石项链。很明显，他想趁那个并
不十分聪明的保安（科特）没注意的
时候，把它偷走。

我灵机一动，朝前门跑去，躲在常春藤后面。十分钟后，那个黑衣男人走了出来，我跟着他。他半路停下来，看了看手表，朝大帐篷那边跑去。是不是很可疑？我得继续跟着他。

这时，迎宾处已经人满为患。这个坏蛋绕道跑到帐篷后，迈着轻快的

步子偷偷溜了进去。他确实十分狡猾！但他是逃不掉的。

我快步走向帐篷入口。在里面，所有人都在吃喝畅谈。我看到美丽动人的泰戈尔·莉莉——穿着白色长裙，头上戴着花朵，指甲涂成银色。盖瑞·布蕾兹穿着蓝色衬衣，看起来呆头呆脑的。（真不知道，她究竟看上他什么了？）

　　我向四周张望，想锁定那个盗贼。对！他就在那儿，躲在乐队里，假装吹奏萨克斯。这家伙算尽心机，但我对此不以为然。

　　如果他以为他能带着项链成功逃脱，那他就是大错特错了。

第 六 章

　　我必须得告诉泰戈尔·莉莉发生了什么。我明白，如果她知道是我找回了她的钻石项链，她肯定会感动得痛哭流涕。我准备跑去找她，还没等我靠近，一只手便落在了我的肩膀上，一个名叫凯文的保安一下子把我拽了回来。

　　我大喊着，但没人搭理我。他们都忙着往嘴里塞着妈妈做的美食（鸡肉，还有配菜）。

"你在搞什么？"凯文边说边把我拖了出来。

我解释道："我正在追踪……"

我还没来得及解释，科特就从大房子里冲了出来，大喊道："快过来，凯文，快点！"

凯文像扔出一个烫手的土豆那样把我丢在一边，跑了过去。当然，我也跟了过去。

出事儿了！

"钻石项链被盗了。"科特说道。

"我就知道会那样。"我胸有成竹地说道。

保安们转过身，盯着我。

"你是怎么知道的？"凯文问道。

"我是个私人侦探。"我随即亮出了我的徽章。

他们抬了抬眉毛，冲我傻笑。我假装没看见。

"看管礼品的时候，我看到有人

拿走了项链。"

（差不多是真的。我差点就看见了。不可能是其他人，不是吗？）

我翻开我的超级神探笔记本，说道："那个贼是一个留着胡子的瘦高男人，穿着西装、白衬衫，手里还提着个黑色公文包。"

他们望着我，好像我是从石头缝儿里钻出来似的。

"傻小子！"科特说，"那是戴夫。他在乐队里演奏。"

我笑了笑。"那只是他的伪装，我断定项链就在公文包里。"我说道。

他们嗤之以鼻，把我推到一边。

"科特，叫警察来，"凯文说，"不要惊扰到宾客，否则婚礼就毁了。"

科特拿出电话，拨打了999。

"至于你！"凯文转向我，"我觉得我们该把你送到你妈妈身边去。"

不等我解释，他像抢一袋胡萝卜似的把我甩到他的肩膀上。这也太无礼了！

　　我以为他会把我带到餐饮帐篷那边？但他把我带到了货车边。

　　"好吧！"他说着，打开了车后门，"你就在这儿等着你妈妈把上菜的事儿弄完吧。她忙完了就可以过来照顾你了。"他把我扔进车里，摔门而去。

我已经没有逃跑的力气了。突然间，我感到很虚弱，我的血糖在下降，我的头脑忽然变得很迟钝。我知道这源于破案的压力，当然也是因为早上没吃饱的原因。幸运的是，我在货车后面发现了一个巧克力奶油蛋糕。这可是我的最爱之一呀。为了能够成功破案，我毫不犹豫地吃了一块。

　　（记住这个诀窍：巧克力蛋糕对于补充能量是极好的。）

　　吃过蛋糕，我感觉好多了，于是我又吃了一块。吃得越多，我的脑力恢复得越快。真棒！不是吗？随后，我把盘子藏起来，以防妈妈注意到蛋糕不见了。我可不想让她又感到不安。

现在我准备好要行动了。逃跑不是问题。瞧瞧，货车的门锁坏了。妈妈晚上锁车的时候，在把手上加了一把链锁。她说这要比换一把新锁便宜。不过那个保安不知道，他以为把我给锁住了。嘻嘻！

我慢慢地打开门，探出头。我距离帐篷的入口只有几米远。我能看见

泰戈尔·莉莉（她看起来还是那么明艳动人）和稍远处的乐队。但是到处都有保安，在不被人发现的情况下走进去，几乎是不可能的。那么，我该如何接近小偷，夺回钻石项链呢？

第 七 章

作为一名训练有素的侦探，我很快便解决了这个问题。

在货车与入口之间有一辆推车，上面放着婚礼蛋糕。太完美了！我唯一要做的就是分散那个站在旁边的侍者的注意力。（他满脸皱纹，驼着背，看样子至少四十岁。）那样我就可以藏在推车下面了。

"不好意思！"我一边说一边从货车里爬了出来。"有人找您，我听见他们在那边叫您呢。"

侍者一脸茫然，但还是绕到了货车后面。我逮着这个机会，冲上前，掀起桌布，溜到了推车下面。

侍者很快就回来了。

"哼，这些小鬼，"他嘟囔着，"又上他们的当了！"

接着，他便把推车推进了帐篷，滑过木质地板，停在了新娘的小桌前。所有人都在欢呼鼓掌，泰戈尔·莉莉和那个光头的足球运动员走上前，准备切蛋糕。

就在这时，我从推车里跳了出来。

"等一等！"我大喊道。（我以前看到过电影里的侦探就是这么说的。我觉得看起来挺酷的。）

　　"大家都站开点！"我补充道，"有一个小偷就在这儿，他偷了钻石项链！"

　　我很惊讶，此刻泰戈尔·莉莉没有马上奔向我身边。难道她没听明白我在说什么吗？

　　相反，安保人员却从帐篷的四面八方向我冲过来，一个个就像发疯的大猩猩似的。

　　我跳回到推车旁，单脚蹬地，向乐队方向冲去。

"就是他！"我大喊着，"那个吹萨克斯的人！是他偷走了钻石项链，就在他的公文包里！"

就在这时，推车失去了控制，朝着乐队撞了过去。我"嗖"地一声，像超人一样在空中划过，在舞台上着陆；而蛋糕也径直砸向地面，拖出了一条流着白色糖霜和奶油的"河"。

我抬起眼，盯着那个坏蛋的脸。（从近处看，他的胡子更加糟糕了。）

"终于抓到你啦！"我大吼一声。

但奇怪的是，嫌疑犯身后的那个人一下子跳下了舞台，向前飞奔。倒霉的他，在奶油污渍上打了个趔趄，双脚向前飞出，后背着地，宛如一条搁浅的鲸鱼摔倒在地。

与此同时，我登上舞台，把手伸进他的公文包，说道："我想他可能忘了点东西。"我举起项链展示给所有人。现场的每个人都目瞪口呆。他们围着小偷站成一个大圈，互相推挤着想看得更清楚点。

　　一切都是那么刺激。随后，警察
到了。

　　"怎么回事儿？你们抓住小偷了
吗？"探员问道。

　　"多亏了这个小男孩，"泰戈尔·
莉莉说，"这位是达米安·杜鲁斯，
他或许可以教教你们警察一两招儿。"

　　她讲话的时候，搂着我的肩膀。
我激动得几乎昏过去。

第 八 章

　　我猜你们一定很好奇，我是怎么抓到这个珠宝大盗的。毕竟，他不像我的第一个嫌疑人那样留着大胡子。

　　好吧，我不得不承认我犯了个小错误。你们懂的，我对于乐器的名字那类东西不是很在行。所以，当我大喊着"那个吹萨克斯的人"时，我搞错了。我应该说"那个吹小号的人"。

说明一下，这个是小号……

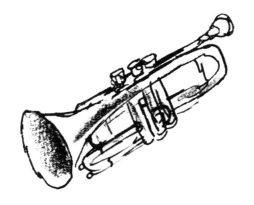

而这个，是萨克斯。

但是这并不重要。事实上，那个偷项链的人确实在吹萨克斯。幸运的失误，不是么？

至于泰戈尔·莉莉，她为我重挫盗贼的举动激动坏了。当我问她可不可以给我她的签名CD时，她说："噢，达米安，我会给你一套CD合集，并且为你签上名。"随后便给了我一个热吻，这对我来说有点肉麻，但也还好啦。

盖瑞虚情假意地说道："谢谢你，达米安。"我觉得他就是一个怂包。他说要给我一个足球，并且在上面给我签名。但我说："不用了，谢了。我不怎么喜欢足球。"

所有人都在夸奖我，但他们真的是有点儿小题大做了。他们不时地问我想吃点什么，还让我坐在嘉宾席。

"真抱歉，达米安，"凯文给我端来两盘食物，说道，"我们的巧克力奶油蛋糕没有了。来点草莓的怎么样？"

还是心意最重要。

当一切都归于平静，很多警察赶到了，警官老基特走过来与我交谈。我之前见过他。他也想跟我学点破案的技巧。

"你是怎么抓住他的，达米安？"老基特问道。

由于生性谦逊，我不好意思去指导一位老警官该怎么做，但我很乐意帮点忙。

"我有个关于大胡子的理论。"我说道。

"你就是这么破案的？"他反问道。

我能看出他很想知道其中的秘密。"可能是吧"，我说着，对他眨

了眨眼睛，"但也许是我很幸运吧。"

不然人们也不会叫我"超级神探"。